Erich Fried
Anfechtungen

Erich Fried
Anfechtungen

Fünfzig Gedichte

Verlag Klaus Wagenbach
Berlin

Wagenbachs Taschenbuch 421
Neuausgabe 2001

Emser Straße 40/41, 10719 Berlin
Umschlaggestaltung Groothuis & Consorten
unter Verwendung des Bildes *Jardin gobe-avions,*
1935 von Max Ernst (© VG Bild-Kunst, Bonn 2001)
Autorenfoto von I. Snyder
Das Karnickel auf Seite 1 zeichnete Horst Rudolph
Gesetzt aus der Sabon von der Offizin Götz Gorissen, Berlin
Gedruckt und gebunden von Pustet, Regensburg

ISBN 3 8031 2421 2

Inhalt

Spiegelungen

Erinnerungen

Spiegelungen

Ein Irrtum

1

Die Sonne
ist kalt
und hat ätzende
schwarze Strahlen

die fressen ein Loch
in die Nacht
die den Erdball umhüllt

Durch dieses Loch
dringt Wärme
und Licht aus dem Himmel

Das Loch gilt
als leuchtende Sonne
die Sonne
als Mond

2

Wer die helle
Sonne genießt
der weiß
das Leben ist gütig

Die Natur will den Tod nicht
es gibt keinen Grund
zur Verzweiflung

Das Gute muß siegen
von selbst
und die Angst ist sinnlos

nur eine Krankheit
nur Schwäche
in uns
nichts weiter

Material

Die Hülle ist glänzend
und hart
und geeignet
wie Elfenbein
zur Herstellung von
geschnitzten Kunstgegenständen

Doch ich zögere
denn sie umkleidet
mein eigenes Leben
sie zu verarbeiten
könnte
leichtsinnig sein

Aber nun hat endlich die Angst
sie von innen her
so zerfressen
daß sie von selbst
in kleinere Stücke
zerfällt

An den kleinsten
beginne ich schon
zu üben
So mache ich
aus meinem Leben
doch noch ein Kunstwerk

Vielleicht eine Klapper
mit der man rasseln kann
laut zur Warnung
jedes Mal
wenn man alt wird
oder wenn Krieg kommt

Fragen

Für Ivan Diviš

Wie groß ist dein Leben?
Wie tief?
Was kostet es dich?
Bis wann zahlst du?
Wieviel Türen hat es?
Wie oft
hast du ein neues begonnen?

Warst du schon einmal
gezwungen um es zu laufen?
Wenn ja
bist du rundherum gelaufen
im Kreis oder hast du
Einbuchtungen mitgelaufen?
Was dachtest du dir dabei?

Woran erkanntest du
daß du ganz herum warst?
Bist du mehrmals gelaufen?
War das dritte Mal
wie das zweite?

Würdest du lieber
die Strecke im Wagen fahren?
oder gefahren werden?
in welcher Richtung?
von wem?

Medusa

Tot die Titanen
kein Gedanke an Hilfe
Zu spät
Kein Wille
Kein Unwille
Raum ohne Sinn
entzaubert

Leer
Sie will nicht mehr helfen
Sie will nicht mehr rächen
Sie will nicht mehr denken
Sie starrt

Kein Augenzauber
Nur ihr Starren
macht starr
und steinern
Kein böser Blick
stark wie der
leere Blick

Wer sie
aufwecken kann
zur Wut
der bleibt leben
der ist vor ihr sicher

Wenn sie
wieder
Tod bringen
will
verliert sie
die tödliche
Kraft

Vorahnung des Endsiegs

Sisyphos
staubig
und satt
vom Mehl
seines Steines
hat Angst:
Der Stein
nützt sich ab

Die Sinnlosigkeit
der ewige
verfluchte
Sinn seiner Arbeit
selber
vom Fluch geschlagen

Kleiner
dem schwindenden Stein gleich
das Mitleid der Schatten
das ihm Kraft
zur Ohnmacht gegeben hat

Bald rollt nur
ein Kiesel
am geschundenen Steilhang
Was bleibt?

Nichts als die Qual
seine Qual
überlebt zu haben

Haare auf den Zähnen

Er nimmt
sein Gebiß
aus dem Maul
und schlägt drein
und ist Simson

So hieß
ein Esel
verreckt
am Wegrand
nahe
der Küste

Sein Fell
ist gestohlen
sein Fleisch
ist verfault
seine Kinnbacken
beißen
Philister

Philomel' mit Melodey

Wer Philomeles Herz
zerspringen läßt
vor ewigem Liebesleid
der lügt
der lügt

Was heißt das süße Lied
der Nachtigall
Es heißt
Hau ab
hau ab

In diesen Bäumen
bin
nur ich
nur ich
das Männchen

Artfremd

Nach dem Regen
fielen vom Himmel
die Hände
klatschten aufs Pflaster
und spreizten gebrochene Finger

Unsere Füße kommen
und treten auf sie
und weichen nicht aus
denn es sind Hände
nicht Füße

Erhaltung der Materie

Jeden Morgen
werde ich einbalsamiert

Der Mund wird ausgespült
mit scharfen Essenzen

Die Träume werden vergessen
die Haare gekämmt

Die Zähne geputzt
die Augen weiter geöffnet

Im Spiegel vor dem Rasieren
wird tief geatmet

Nach dem Rasieren
wird die Gesichtshaut verjüngt

mit Spiritus
und das Haar mit einem Zerstäuber

Mut wird gefaßt
etwas Warmes kommt in den Magen

Dann zerfalle ich weiter
dem nächsten Morgen entgegen

Tote lebende Bilder

> Dennoch die Schwerter halten
> vor die Stunde der Welt
> GOTTFRIED BENN

Statische Schwerter
und dennoch nicht mehr zu halten

Arme Stunde der Welt
der man Schwerter vorhält

Arme Welt
der so die Stunde verhalten wird

Und wie verhält es sich
mit den Haltern der Schwerter

und mit den immer noch vielen
die sich an sie halten?

Solange einer der Schwerter hält
noch geehrt wird

und mehr noch einer
der redet vom Halten der Schwerter

deren Stunde geschlagen hat
außer in deutschen Reimen

bleibt eure Dichtung Rüstkammer
klanglos verrostender Klingen

zwischen euch und die Zukunft gehalten
zwischen euch und ehrliche Worte

zwischen euch und das Leben
als unbelehrbares Dennoch

das klirrt durch gezählte Stunden
der ungehaltenen Welt

Laura Ridings Gedichte

In einem Buch
wie keinem anderen Buch
wiegt sich der Segen
in der Wiege zum Fluch

Aber der Fluch
deckt den Schaukeltisch für den Segen
auf den sich als Tuch
fallende Falter legen

Tod und Leben laufen
ein Zwilling der sich verlor
um eine Säule
die ist ihr Wendeltor

dem Tod nach dem Leben nach
aber ein Keines weiß
die Richtung ist hingerichtet
im richtigen Kreis

denn die Betten gehen zu Tisch
und die Tische zu Bett
das Grammophon spielt Schach
das Dominospiel spielt Roulette

Der Wind erleidet sein Wehen
ein Stein wirft einen Stein
die Mischung kann keiner verstehen
außer er mischt sich ein

Plan für das weitere Leben

Ich las in einem Gedicht
namens *bruchstück III*
sein Verfasser Helmut Heißenbüttel
habe im Radio
eine Stimme gehört
welche erklärte
Freiheit ist ein Ding der Unmöglichkeit

Also muß die Unmöglichkeit
Dinge haben
deren eines die Freiheit ist
die ich meine
Ich will mich drum bei der Unmöglichkeit verdingen
und wohnen in ihrem Luftschloß
seis auch nur als ihr Knecht

(Dort nähere ich mich der Freiheit
leicht wie ein Knecht einer Dienstmagd
wir machen einander dingfest
und bleiben einander verbunden
im Schloß der Unmöglichkeit
bis wir zuletzt
unser Leben im Ausgedinge beschließen)

Erweisung der letzten Ehre

Die besseren Leute
schicken nur ihre Trauerkleider

um Diener gehängt
oder fahrbar auf leichten Gestellen

Die Hüte nehmen sich ab
die schwarzen Handschuhe beten

und aus den Handschuhen kriechen
die Taschentücher

die schneuzen sich laut
und machen sich tränennaß

aber die Köpfe und Bäuche
und zarten Geschlechtsorgane

bleiben zu Hause im Bett
und spielen Leichenschmaus

Wir spielen Frieden

Für Vasko Popa

1

Der das Spiel ausgedacht hat
läuft hin und her
Er ist ein Bombenflugzeug
Die er anspuckt sind tot

Die andern müssen sich
die Augen zuhalten
und die Ohren gegen die Schreie
der Angespuckten

Solange das alles klappt
dauert der Friede

2

Wenn sich die Angespuckten
zu wehren beginnen
fordert das Bombenflugzeug
die andern auf
sie festzuhalten
im Interesse des Friedens

Das Spiel ist aus
wenn die andern das nicht mehr tun

3

Tags darauf kommt der Spieler
mit einem wirklichen Flugzeug
Nun spielt er nur Anspucken
aber mit Bomben und Feuer das haftet

Die Regeln sind schon bekannt
das Spiel geht los

Zwei schreien

Der Eine wird angehört
der Andere nicht

Den Einen beschwichtigt man
man beginnt mit ihm zu diskutieren
Der Andere schreit noch immer
man geht zu ihm hin und lächelt

Man fragt durch ein Sprachrohr:
»Warum reißen Sie dauernd den Mund auf?«
Er schreit: »Das hört ihr doch alle!«
Man erwidert: »Wir hören kein Wort«

Er schreit noch immer
Man bringt ihm den Einen hin
der nicht mehr schreit
nur noch den Mund auf- und zuklappt

Man ruft dem Anderen zu:
»Hören Sie: So muß man schreien!
Das hört jeder von uns!
das rüttelt uns alle auf!«

Sie führen den Einen fort
Der Andere schreit noch immer
Die Straße wird abgeriegelt
daß keiner ihn hört

Sie bringen ihm eine Zeitung
mit seinem Bild
Darunter die Zeile:
»Unser lautloser Maulaufsperrer«

Er versucht noch lauter zu schreien
er fällt um und ist tot
Der Eine wird beauftragt
die Leichenrede zu flüstern

Unrein

Von den achtzehn Planeten
die diesmal geglüht werden sollten
mußte einer zurückgestellt werden
in seine Bahn

Er war zwar entlebt entmeert
und einigermaßen entgast
aber noch blutig
Da stinkt sonst der ganze Himmel

Bücherei

Wenn alle Bücher hier
einander gelesen haben

beschließen sie schließlich
die Abschaffung des Menschen

aber das viele Lesen
zerstört ihre Tatkraft

sie schreiben daher darüber
nur einige Bücher

welche zu weiterem Pflichtstoff
der Menschheit werden

ohne dessen Beherrschung
die Abschaffung leichtfertig bleibt

Humorlos

Die Jungen
werfen
zum Spaß
mit Steinen
nach Fröschen

Die Frösche
sterben
im Ernst

Erinnerungen

Beschreibung einer Landschaft

Farben der Kindheit
Vögel gegen die Sonne
helles Gras vor dem Wald
mein einziges Sehen und Hören

Je öfter ich euch beschreibe
je mehr ich euch suche
desto weiter und blasser
desto formloser weicht ihr zurück

Ich höre das Rauschen
meiner Worte vom Rauschen des Waldes
ich sehe das Grau und das Grün
von Gesichtern und Kleidern

Die loben mein gutes Gedächtnis
und horchen mich aus
sie essen das Licht und den Schatten
sie trinken den Wind

Aufzählung zum Abzählen

Nagemensch
Raubmensch
Beutelmensch
Stadtmensch
Landmensch

Wassermensch
Luftmensch
Säugemensch
Mastmensch
Schlachtmensch

Übermensch
Untermensch
Mittelmensch
Zweckmensch
Geldmensch

Halbmensch
Doppelmensch
Vollmensch
Hohlmensch
Normalmensch

Hausmensch
Höhlenmensch
Uhrmensch
Stundenmensch
Tagmensch

Vormensch
Nachmensch
Mitmensch
Hauptmensch
Nebenmensch
Unmensch

Schlaglicht

Abraham
opferte seinen Sohn Isaak
da brach aus dem Busch ein Widder
und leckte das Blut auf

und die Sonne
verklärte das rote Messer
so hatten Licht und Schönheit
wieder gesiegt

So ein Sieg
wird auch unser Leben werden
auf den Stufen
unserer Wandeltreue

und ich freue mich
atemlos wie als Kind
vor dem Erwachen
eines schreienden Traumes

Die Flut

Ich steige die Stufen zu meiner Tür hinauf
im nassen Nebel
Wasser steigt im Kanal

Ich steige hinauf
meinen gewundenen Schulweg
im strömenden Regen
Flußwärts schäumen die Gossen

Ich steige hinauf
auf den Waldberg nördlich der Stadt
im Wolkenbruch
Die Wogen der Ebene
reißen vom Hang den Rasen

Ich steige hinauf
in schwarzes Gipfelgebälk
Unaufhaltsam
überfällt mich
und übersteigt mich
das Meer

Ich halte mich fest
im Geäst eines treibenden Baumes
Er steigt und fällt
mit der Flut
Ein müder Vogel
Laub im Schnabel
kauert auf einem Zweig

Vogelfleisch sättigt
Die Knochen
fallen ins Meer
Blutige Ölblätter segeln
und treiben fort
Federn treiben
und Fische fliegen
Mich dürstet

Verlassenes Zimmer

Im Zimmer der Staub
zart auf den Fensterscheiben
der leise Staub
auf dem Tisch
auf dem alten Kissen:
Pfirsichflaum
der streichelt
die streichelnde Hand
der zeigt der Sonne
den Weg durch geschlossene Fenster

Müde sein
und nicht weinen wollen
und nicht
sterben wollen
geweint haben und schon tot sein:
Im leichten Staub
der dem Sonnenlicht seinen Weg zeigt
auf dem Kissen liegen
nicht wieder
nein immer
noch immer
und schon für immer
Staub auf Staub unter Staub

Staub auf dem Tisch
auf dem Bett
auf den Fensterscheiben:
Staub im Staub
Sonne im Staub
Staub in der Sonne
Ich Staub im Zimmer der Sonne
ich Staub auf dem Kissen
ich Wieder ich Noch ich Immer
im Zimmer aus Staub

Futurum exactum

Die letzte Zeit
die ich lernte
als Kind
war die Vorzukunft

Ich weiß noch
ich verstand nicht
wieso hieß sie
Zukunft

Sogar
die Vorvergangenheit
klang nicht halb so
vergangen

Die Vorzukunft
hörte sich immer passiv an
auch die Tätigkeitsform
wie eine Form des Erleidens

Ich hatte Angst vor ihr
denn ich konnte sie nicht verstehen
Ich sagte sie mir vor
um mich an sie zu gewöhnen

Ich sagte laut
ohne mich sicher zu fühlen
Ich werde gelebt haben
Ich werde gegangen sein

Alter Schulweg

Auf dieser Straße
wo sie laut drohten
Jahre bevor sie kamen
WARTE NUR
habe ich nicht gewartet

Auf dieser Straße
droht das Vergangene lautlos
Jahre nachdem es verging
WARTE NUR
und ich warte

Den Tod holen

Meiner Großmutter
war ich zu langsam
sie sagte:
»Dich muß man schicken
den Tod holen
wenn man
noch lange leben will«

Ich bin fortgegangen
damit der Tod
nicht mich holt
Meine Großmutter
hat dann nicht mehr
lange
gelebt

Ich bin mir selber
zu langsam
Ich sage mir
ich bin geschickt
das Leben zu holen
nur bin ich
zu ungeschickt

Nachruf auf die Schreier

Was hast du getan?
Ich habe sie
schreien lassen

Was haben die anderen getan?
Ihnen
das Maul gestopft

Was haben sie geschrien?
Sie haben
um Hilfe geschrien

Um Hilfe für wen?
Ich glaube manchmal
für mich

Taktfrage

Im
Haus
des
Gehenkten
darf
man
vom
Strick
nicht
reden
weil
jetzt
sein
Henker
dort
im
Ruhestand
lebt

Heimkehr

Der Wald
    Ein baumlanger Mensch
voll Harzgeruch
Harz
das tropft in die Kannen
    in der Wach-Stube
    voll
    von verrauchtem
    Schweiß
    und saurem Tabak
die Wipfel hoch
an der Sonne
    beugt sich nieder
    zu mir
    und grinst

Heimatwald
Wald meiner Kindheit
    Ganz recht so
    Kleiner!
so bin ich wiedergekommen
in diese Berge
    so ist dein Vater hin
    ein Jud weniger
    nicht wahr?
Nach all den Jahren
der Harzgeruch
wie er war
    Ich schweige und gehe
Ich gehe und schweige
nach all den Jahren

Fortschritt

Nach neunzehn Jahrhunderten
wurde in Rom verkündet
daß Israel nicht Kollektivschuld
am Tode Christi trägt

Nun werden auch
die toten Juden erklären:
Wir wurden niemals erschlagen
von Christenhand

Ländlich

Hier ist es schön
Die Mädchen wie die jungen
Bäume und manche Bäume
wie tanzende Mädchen

Hier will ich mir
ein Herz fassen und versuchen
mich zu fassen
und mich zu suchen

und fast ohne Angst denn
ich weiß daß
ich hier
nicht bin

Verwandlung

Aus meinen Mädchen
werden langsam in drei bis vier Wochen
oder schnell über Nacht
meine Tanten und alten Kusinen

Ich sehe sie ängstlich kauen
an ihren falschen Gebissen
und mit Gichtfingern trocknen
ihr angespucktes Gesicht

Sie kommen mit Koffern und Bündeln
in Theresienstadt an
sie fallen aus dem Fenster
und tappen dabei nach der Brille

Wenn sie sich räkeln im Bett
versuchen sie strammzustehen
um verschont zu werden
bei der Aussonderung der Kranken

Ich sehe sie bläulich verfärbt
wenn ich sie morgens küsse
je sechs gestapelt
mit Gartenschläuchen gereinigt

von Kot und erbrochenem Schleim
bereit zum Transport
aus der Gaskammer
in den Verbrennungsofen

Masada

(zerstört 73; ausgegraben 1965)

Töpfe
gekittet
aus unsterblichen Scherben

Eine Sandale
ein Lederbeutel mit Salz
ärmlicher Halsschmuck

Reste von Feigen
Getreide
verfärbten Schriftpergamenten

Am modernsten
die Kinderknochen
und Schädel dazwischen

Zöpfe
noch nicht einmal grau
mit etwas Kopfhaut

Nicht tausendneunhundert Jahre
nur zwanzig Jahre
nur Auschwitz

Höre, Israel

Als wir verfolgt wurden
war ich einer von euch
Wie kann ich das bleiben
wenn ihr Verfolger werdet?

Eure Sehnsucht war
wie die anderen Völker zu werden
die euch mordeten
Nun seid ihr geworden wie sie

Ihr habt überlebt
die zu euch grausam waren
Lebt ihre Grausamkeit
in euch jetzt weiter?

Den Geschlagenen habt ihr befohlen:
»Zieht eure Schuhe aus«
Wie den Sündenbock habt ihr sie
in die Wüste getrieben

in die große Moschee des Todes
deren Sandalen Sand sind
doch sie nahmen die Sünde nicht an
die ihr ihnen auflegen wolltet

Der Eindruck der nackten Füße
im Wüstensand
überdauert die Spur
eurer Bomben und Panzer

Segnungen des Zeitlichen

Steigerungen

Aus Auf wird Ab
aus Komm wird Geh
aus Ja wird Nein
aus Gut wird Schlecht
Die Nacht ist tiefer
als die Nacht
das Licht ist schwächer
als das Licht

Der Weg ist weiter
als der Weg
der Mut ist kleiner
als der Mut
Die Angst ist größer
als die Angst
der Tod ist näher
als der Tod

Ertrag

Hoffnung sammeln
aus lösbaren Problemen
aus Möglichkeiten
aus allem
was etwas verspricht

Die Kräfte
sparen
für das
was wirklich
zu tun ist

So wächst
im stillen
der Vorrat
an unverbrauchter
Verzweiflung

Einkehr

Tiere
die ihren
Kopf
in den eigenen
After
stecken

verringern
auf diese
Weise
die Kosten
ihrer
Ernährung

doch unter
Hintansetzung
eines offenen
Horizontes

Ihre
Weltschau
wird zur
Weltinnenschau

Die Schutzbefohlenen

Wir stehen unter dem Schutz
von Leuten mit guten Ohren
die züchten in großen Käfigen
bunte Singschlangen
Die züchten Singsingschlangen
in Käfigen die wir bezahlen
mit unseren Steuern
und die wir umschreiten im Kreis

Wenn uns das Geld ausgeht
kommen wir sanglos
in die Käfige
wo die Singsingschlangen warten
um uns schön singen zu lehren
damit wir Gnade finden
vor den Ohren der guten Leute
die uns vor ihnen beschützen

Die Nachricht

Die Alten lachen:
Freunde es ist soweit
Von morgen an
sterben nur noch die Jungen!

Sie haben recht
das weiß schon die ganze Welt:
heute nacht
müssen die Alten sterben

Der Querulant

Fraglos
quaerens heißt fragend
doch ob ein Kopf
der immerfort
Fragen stellt
ein Querkopf ist
das ist die Frage

Und wenn man ihn
fragwürdig nennt
ob das dann heißt
er ist würdig
zu fragen
oder würdig
gefragt zu werden?

Schwächer

Sie werden wieder stärker
Wer denn?
Sie

Wer sollen sie sein?
Sie sollen nicht sein
sie sind nur

Stärker als wer?
Als du
Vielleicht bald als viele

Was wollen sie?
Zunächst
wieder stärker werden

Warum sagst du das alles?
Weil ich es
noch sagen kann

Das kann dir doch schaden?
Gewiß
denn sie werden stärker

Woher weißt du das?
Aus deinen Worten
daß es mir schaden kann

Der Weg ins Idyll

Ich habe eine sehr gute Eigenschaft
man könnte sie nennen meine innere Ruhe
Je ärger die Zeiten
desto friedlicher wird es in mir

Vor Jahren als manches erst drohte
was jetzt geschieht
nahm ich Anteil an allem
diskutierte und protestierte

Ich sammelte Unterschriften
ich unterschrieb sogar selber
und verbrachte halbe Nächte aufgeregt ohne Schlaf

Doch seit es schlimmer wird
hilft mir
mein Humor meine gute Natur

Ich erfahre von fernen Bomben
von nahenden schlechten Gesetzen
und freue mich meines Gartens oder höre gute Musik

Je trüber der Alltag
desto stiller sind meine Freuden
der Zwist der Weltsysteme berührt nicht mein Haus

So halte ich meinen Frieden
ich schädige keinen Menschen
und finde dabei die Ruhe
die jedermanns Recht ist

Wenn mein Glück vollkommen sein wird
ein stilles harmloses Lächeln
dann mag die Bombe fallen
Mein Haus ist bestellt

Im Frieden

»Schwere Zeiten«
sagte das Blei zum Studenten

»Wie sich's trifft«
sagte das Blut zum Stein

»Ohne Sorge«
sagte die Ruhe zur Ordnung

»In Gottes Namen«
sagen die Träger zum Sarg

Kind in Peru

Weil es den Kopf schiefhält
weil es nicht schreit
weil es stinkt
weil es zu schwach ist
um leben zu bleiben
soll auch die Ordnung
die daran schuld ist
nicht leben bleiben

Weil es den Kopf schiefhält
sind eure Erklärungen schief
Weil es nicht schreit
könnt ihr es nicht niederschreien
Weil es stinkt
stinkt eure ganze Ordnung
zu stark um leben zu bleiben
zum Himmel in den es nicht kommt

Frage in einigen Ländern

Wenn einer
ein Staatsmann vielleicht
oder Herr eines großen Konzerns
weniger mächtig wäre
als er im Augenblick ist

dabei aber alles sagte
was er
auch jetzt sagt
und alles was er jetzt tun will
zu tun versuchte

wie würde die Regierung
die Presse
der einfache Mann
dann von ihm sprechen
und sich zu ihm verhalten?

Taten

Es riecht verbrannt
auch wenn man nicht weiß was verbrennt
Wonach wird die Freiheit riechen
die so geschützt wird?

Wie wird sie von oben aussehen
oder von innen
oder von hinten
in zehn oder zwanzig Jahren?

Wie wird man den Kindern erklären
daß damals Einer
Bäume vergiften ließ
und Kinder verbrennen?

Und was werden
die Geschichtsbücher sagen
nach seinem Tod?
Mit wem vergleicht man ihn dann?

Annehmbare Annahmen

Schlafen legte ich mich unter die Mörder
BERTOLT BRECHT, An die Nachgeborenen

Angenommen du hast nur einen Albtraum
in dem du erfährst daß mächtige Männer im Land
Mörder sind und Verschworene von Mördern
die einen aus ihrem Kreis der weniger arg war
ermordeten mitten im Land
und dazu noch zwei bis drei Dutzend
Mitwisser oder Zeugen
um weitermorden zu können
ungestört auch jenseits der Landesgrenzen
  Was tust du in diesem Traum
  um den Mördern das Handwerk zu legen?
  Kannst du allein etwas tun oder kannst du genug
  Helfer finden oder auch nur genug
  Menschen die dir das glauben
  oder auch nur
  die es wagen sich selbst zu fragen
  ob sie wagen so etwas zu glauben?
Oder sagen sie »Du träumst denn das gibt es gar nicht
Und auch wenn es das gäbe: was regst du dich auf?
Glaubst du in anderen Ländern wird nicht gemordet?
Und überhaupt: das Töten gehört zum Leben
Auch ein Mörder ist schließlich ein Mensch
mit menschlichen Stärken und Schwächen
zu denen gehört daß er es krummnehmen könnte
wenn man sich aufregt über das was er tut«?
  Und nun zuletzt nimm noch an
  du träumst daß du aufwachst
  und dir die Augen reibst und fragst wo du bist
  und ob du geschlafen hast
  unter Mördern und ihren Opfern
  oder ob du nur geträumt hast
  Und wenn es ein Traum war
  ob sie aufgehört haben Mörder zu sein
  weil du aufgehört hast von ihnen zu träumen

Gespräch über Bäume

Für K.W.

Seit der Gärtner die Zweige gestutzt hat
sind meine Äpfel größer
Aber die Blätter des Birnbaums
sind krank. Sie rollen sich ein

In Vietnam sind die Bäume entlaubt

Meine Kinder sind alle gesund
Doch mein jüngerer Sohn macht mir Sorgen
er hat sich nicht eingelebt
in der neuen Schule

In Vietnam sind die Kinder tot

Mein Dach ist gut repariert
Man muß nur noch die Fensterrahmen
abbrennen und streichen. Die Feuerversicherungsprämie
ist wegen der steigenden Häuserpreise erhöht

In Vietnam sind die Häuser Ruinen

Was ist das für ein langweiliger Patron?
Wovon man auch redet
er kommt auf Vietnam zu sprechen!
Man muß einem Ruhe gönnen in dieser Welt:

In Vietnam haben viele schon Ruhe
Ihr gönnt sie ihnen

Segnungen des Zeitlichen

Wir wissen noch wie es sein wird:
von morgen her
schwärzt uns der Brand
der totgeschwiegenen Jahre

Was gestern wieder zu tun ist
das tun wir gemeinsam:
Die Vergangenheit
wird mit der Zukunft fertig

Das fünfte Fenster

Das fünfte Fenster

I

Ich kenne dieses Fenster
gut genug um zu wissen
es ist mir fremder
als alle Fenster der Stadt

Im Fensterblech war ein Loch
zu klein für den kleinen Finger
aber es trank den großen
trommelnden Regen

Nach dem Regen wurde das Blech
wieder heiß und trocken
Am Ende kam aus dem Loch
die staubige Blase heraus

Das Blech hat kein Loch mehr
das Loch ist nicht dageblieben
ich bin nicht dageblieben
das Loch blieb länger als ich blieb

Das Loch ist weggeblasen
das Fenster ist fremder
als die ersten vier Fenster
über dem obersten Sims

unter den großen Tropfen
die das staubige Blech
kühlen bevor sie verdunsten
Ich kenne sie nicht

2

Das Blech war ein Blech vor dem Fenster
Das Loch war ein Loch
Ein Stocherloch für den Bleistift
und für die zwei rostigen Nägel

ein Blasloch für Mauerstaub
ein Haustor des staubigen Tieres
Das Tier hatte zu viele Beine
darum blies ich es weg

Weil Gott ihm zu viele Beine gemacht hatte
Das war häßlich
Vor dem Einschlafen dachte ich manchmal:
Vielleicht hat es Kinder gehabt

3

Ich ersteige den Stuhl mit den Engeln
und lege mein Ohr an das Blech

Mein Ohr liegt genau auf dem Loch
Ich höre kein Schreien

Wenn es Kinder hätte
so hätten die Kinder jetzt Hunger

Wenn die Kinder jetzt Hunger hätten
so würden die Kinder jetzt schreien

Wenn die Kinder jetzt schreien würden
so müßte ich etwas hören

Wenn die Schreie auch schwach sind vor Hunger:
Mein Ohr ist nah

4

Schokolade ins Loch
zerkrümeltes Brot mit Butter
Ein Tropfen Milch
zwei Schinkenfasern von gestern

Drei grüne Schnittlauchröhren
und Staubzucker und die Rosine
Und wieder das Ohr auf das Loch
aber keine Stimmen die rufen

»Vergeltsgott danke!«
wie unter den Fenstern die Sänger
wenn eingewickelte Münzen
trommeln auf staubiges Pflaster

5

Ich stehe auf Großmutters Nähtisch
Ich hebe die Vase vom Loch hoch

Wenn sie auch jetzt noch drinnen sind
müssen sie tot sein

Das Loch riecht nach Mauer und Staub
aber nicht nach Leichen

Vielleicht ist das Tier doch wieder
zu ihnen zurückgekrochen

Vielleicht war das Tier nur der Vater
und Essen gibt ihnen die Mutter

Vielleicht sind sie ihm nachgekrochen
Ich hab ihnen Beine gemacht

6

Es kommt ein Gewitter
Ich komme
mit braunem Papier und Schere

Ein Streifen als Rettungsleiter
ins Loch
und die Schnitzel als Boote

Die ersten Tropfen
sind Bomben
Vom Blech meines Fensters steigt Dampf auf

Die Tropfenteiche fließen
zusammen
Mein Finger hilft nach

Ich trommle aufs Blech:
Alle Mann an Bord!
Der Dampfer geht unter!

Keiner gehorcht mir
Es donnert
Die Großmutter schließt mein Fenster

»Weg mit der Schere
Wer Eisen hält
den trifft der Blitz«

7

»Geh schlafen
Bei diesem Wetter versäumst du ohnehin gar nichts

Geh schlafen
du machst schon den ganzen Tag lang nur Scherereien

Sei froh daß du schlafen darfst
Morgen ist auch noch ein Tag

Geh schlafen geh weg vom Fenster
und bete daß dich kein Blitz trifft

der einschlägt als Strafe Gottes
wenn jemand häßlich war«

8

Gott
was bist du für ein Gott
der ein Tier so häßlich gemacht hat
daß man es wegbläst von seinem Loch
und von seinen Kindern

Gott
was bist du für ein Gott
der mich so häßlich gemacht hat
daß ich ein staubiges Tier
wegblasen kann

Wie die Würmer durch einen Toten gehen
so geht durch mich
das staubige Tier
dem Gott
zu viele Beine gemacht hat

9

Wenn das Tier jetzt ins Bett kommt
das könnte mir Beine machen
daß ich laufe schnell wie der Blitz
durch zwei Türen zu meiner Mutter

aus der Nacht meines Zimmers
hinüber zum großen gelben
Mutterbett
das hell ist und warm ist und glänzt

Dort trocknen die Tränen
Die Nase hört auf zu laufen
die Angst ist dort weggeblasen:
Ich mache mich auf die Beine

Die Beine können nicht weiter
Ich stehe vom Blitz getroffen
mich hält ein Loch im Parkett
im Fußboden hinter der Türe

Von Holzloch zu Blechloch
ein geheimer Gang eine Röhre
Was in ein Loch hineingeht
das kommt aus dem andern heraus

Was ich tue dem einen
das wird mir getan vom andern
Der Boden steht offen
auch wenn das Fenster zu ist

10

Einer kam und sagte:
»Was geht das dich an?
Gesteh dir doch offen:

Du warst allein mit dem Tier
Es hats keiner gesehen

Das Tier war häßlich
und nicht wie ich und du bist

Das Tier war unnütz
und außerdem gibt es noch viele

Die Brut des Tieres Kinder zu nennen
ist kindisch

Was geschehen ist das ist geschehen
und nicht mehr zu ändern

Denk nicht zurück
Die Welt gehört dem der vorausdenkt

Werde wie ich bin
Erkenne was gut ist und böse

Bei so einem Tier
gilt kein Gutsein und Bösesein

Blas deine Hirngespinste
einfach weg!«
Und er blies mich an

II

Ich sah ihn verschlafen an
Er war blitzschnell hervorgetreten
aus dem Loch im Parkett
am Weg zum Bett meiner Mutter

Ich wollte sagen
»Geh weg!«
Ich konnte kein Wort mehr sprechen

Ich wollte
um Hilfe schreien
Mein Mund war verstopft von Staub

12

So wollten vielleicht
die Kinder des staubigen Tieres schreien

und wollten kriechen aufs braune Papier
und konnten nicht kriechen

erstarrt vor Schreck
wie Käfer und Spinnen wenn man sie anbläst

Der Mann macht mir keine Beine
Er hilft mir nicht auf die Beine

Er hat mir die Beine gelähmt
die Zunge den Atem

Der Sack in den er mich stecken wird ist das Loch
in dem die Kinder des Tieres verlassen waren

13

Auch Schreien hilft nicht
Im Sommer die junge Amsel nach dem Gewitter
stand auf dem Nest und schrie
und die Mutter kam nicht

»Misch dich nicht ein
Ihre Mutter kommt ganz von selber
Nur wenn man sich einmischt
dann fliegen die Eltern davon

Aber beten für sie
das darfst du
am Abend
bevor du einschläfst

Dann schickt ihr der liebe Gott
ihre Eltern
zurück«
Ich habe gebetet

Am Morgen
lief ich hinaus
Sie lag tot
unter ihrem Nest

»Bestimmt
bist du häßlich gewesen
Drum hat Gott
dein Gebet nicht erhört«

14

Haus Haus Haus!
Du bist durchzogen von Löchern

Jedes Loch ist verbunden
mit jedem anderen Loch

Du bist ein staubiger Schwamm
voller Risse und Fehler

Jedes Loch ist ein Loch
aus dem Träume mich fangen kommen

Jedes Loch ist ein Grab
das mich holen kommt zu den Toten

Jedes Loch ist ein Loch
zum Augenabwenden und Lügen

Jedes Loch ist ein Grund
zum Lachen weil ich schon groß bin

Jedes Loch wird verstopft
wenn das Haus frisch gestrichen wird

15

Es riecht noch nach Regen
aber der Regenbogen ist fort
Das Blech wird schon trocken
Das Wasser gluckst leise im Loch

Eine Blase voll Mauerstaub
kommt heraus
und zerplatzt
geräuschlos

Sind alle ertrunken im Loch?
Doch die braunen Packpapierboote
sind lange schon drinnen
Da müßten sie nicht ertrinken

Die Fensterblechteiche
vertrocknen von außen nach innen
Es bleiben die Staubregenbogen
in bunten Kreisen ums Loch

16

»Immer beim Fenster?
du wirst noch hinunterfallen!«

Hinunterfallen?
Vielleicht wie das Tier?
Das wäre gerecht

»Immer das Ohr auf dem Blech?
da kriecht dir noch etwas hinein!«

Etwas hinein?
Vielleicht das Tier
Das wäre gerecht

17

Gerecht?
Gerecht vor wem?
Vor dem Gott der das Tier so gemacht hat?
Vor dem Gott der das Tier so gemacht hat
daß sein Gewissen die Tat
ins unausdenkbare vergrößert?
Muß meine Strafe wachsen mit meiner Reue?
Muß ich immer noch kindisch denken
weil ich kindlich dachte als Kind?

Weil ich nicht
ein staubiges Tier war
weiß ich: es hinkt der Vergleich
es hinkt das Urteil des Kindes
auf wundgelaufenen Füßen

Das Leben das weitermarschierte
mit Staub und Trommeln
und Menschen wegblies
wie man kein Tier vernichtet
beweist die Unschuld der Schuld
des Kindes am Fenster
und keine Gerechtigkeit
keines Gottes
und keiner Tat

18

Ich trommle und blase
aufs Blech
und aufs Glas
des Fensters

Ich stehe am Trommelfenster
und trommle
und bin nicht froh

Trommeln und Blasmusik unten
Fronleichnam
Das Tier
ein Leichnam?

Wenn es ein Leichnam ist
kann ich nie wieder
froh sein

Trommeln und Blasmusik unten
zehn Jahre später
Nicht mehr Fronleichnam:
die Scherben der ganzen Welt

19

Man hat mir Beine gemacht
man hat alle zu Staub gemacht
Die sich nicht aus dem Staub machen konnten
sind weggeblasen

Meine Großmutter stand am Fenster
und sagte
sie springt hinunter

Tante Tine sagte
das darf man nicht tun
das ist Sünde

Als man sie wegblasen kam sprang Tante Tine
Großmutter nicht
Tante Tine war nicht gleich tot

Großmutter
hat man bald darauf weggeblasen
Der Staub hat nicht Staub aufgewirbelt
Ich war nicht mehr da